tout se trouve dans

dans le grand

ont encore à être

hygiénique, ...

à la lueur de ...

bilitateur d' ....

vei que l'homme

pour les autres, l'homme

peut monter ....

verité, que l'homme

Toutes les ......

providentielle, qui ... .

faillibilité humaine, la vérité ...

20 centimes la livraison,

avec participation à une prime consistant en objets de luxe ou de toilette.,

LE LIVRE
DES DAMES,

dédié

AU BEAU SEXE ET A SES ADMIRATEURS.

PROSPECTUS.

> Lorsqu'un Dieu, du chaos où dormaient tous les mondes
> Eut appelé les cieux, et la terre et les ondes......,
> Pour son dernier ouvrage il créa la Beauté.
>
> (LEGOUVÉ.)

LA femme, malgré l'isolement où la laissent encore nos relations sociales, peut certainement jouer un beau rôle dans le présent, mais l'avenir lui réserve une part plus large, plus active, une influence plus sérieuse et plus féconde dans le grand drame de l'humanité. Il faut donc qu'elle se tienne à la hauteur de la mission qu'elle est appelée à remplir. Il faut que son cœur, dilaté par l'amour, par les saints devoirs de la famille, exhale autour de lui tout ce qu'il renferme de divins parfums, tout ce qu'il contient de sympathiques effusions. Il y a dans la science humaine bien des problèmes qu'on n'a pas encore résolus, et dans le cœur bien des souffrances mystérieuses, bien des endroits saignants et blessés : c'est à la lueur du foyer domestique, au milieu des chastes influences de la famille, qu'on peut espérer de découvrir une solution pour les uns, un baume rafraîchissant pour les autres. D'ailleurs, avec le sentiment, la femme peut monter aussi haut dans les lumineuses régions de la vérité, que l'homme avec l'intelligence.

Bien qu'on ait beaucoup écrit sur les femmes, ce sujet offrira toujours au penseur une inépuisable source d'observations intéressantes ; cependant nous laisserons à d'autres le soin d'en dévoiler les côtés peu connus, d'en explorer les parties négligées jusqu'à ce jour. Ce que nous voulons faire, c'est un choix des pages les plus remarquables qu'une juste admiration a dictées à quelques-uns de nos écrivains, et qui, soit sous le rapport moral, soit sous le rapport purement littéraire, méritent d'attirer l'attention de tous les hommes éclairés. Nous nous adresserons tantôt aux prosateurs, tantôt aux poètes. Nous choisirons parmi leurs productions celles qui se rapportent le plus directement à notre sujet, celles qui en reflètent le plus heureusement la grâce, la poésie, le charme intime et mystérieux.

Nos lectrices trouveront dans ce recueil de nombreux sujets de méditation, et, en même temps, de bien justes, de bien légitimes motifs d'orgueil. En songeant à ce qu'elles ont inspiré déjà, les femmes éprouveront le désir d'inspirer plus encore; elles cultiveront avec plus d'ardeur, avec une sollicitude plus incessante et plus vive tous les admirables dons qu'elles ont reçus du ciel. Or, si le livre tout sympathique que nous leur offrons pouvait leur apporter un encouragement ou une espérance, nous serions trop récompensés du travail auquel nous nous livrons aujourd'hui.

CONDITIONS DE LA SOUSCRIPTION.

Le Livre des Dames se composera de deux volumes in-8°, ornés chacun d'une jolie gravure, et qui seront publiés par livraisons d'une feuille ou seize pages, format de ce prospectus. Le prix de la livraison portée à domicile est de 20 centimes. Il en paraîtra une ou deux par semaine. L'ouvrage complet en contiendra cinquante ; toutes celles qui dépasseraient ce nombre seront données gratis.

Il sera joint au second volume, sous le titre HYGIÈNE, les avis et les préceptes le plus spécialement recommandés aux femmes par la science et la pratique pour la conservation de leur santé, et pour entretenir et relever les avantages physiques qui constituent la beauté.

Avec la dernière livraison, chaque souscripteur recevra, outre les couvertures et les gravures des deux volumes, un billet de *participation à une prime* qui sera adjugée par le sort à trois des souscripteurs, et qui consistera, pour chacun d'eux, en un article à choisir dans *un assortiment varié d'objets de luxe ou de toilette*, tels que paroissiens reliés en velours, keepsakes, albums, buvards, bracelets, boucles d'oreilles, bagues, aumônières, etc.

On souscrit, sans rien payer d'avance,

Chez LAZARD-LÉVY, imprimeur-éditeur, fossés des Carmes, 9.
LEGRAND, libraire, fossés de l'Intendance, 29.

(*Suit le Spécimen.*)

Bordeaux. — LAZARD-LÉVY, imprimeur.

PRÉLUDES.

―――

Quel est cet être privilégié dont la puissance égale la faiblesse, qui commande presque toujours, en paraissant se résigner ou se soumettre, qui dompte les caractères les plus fiers et les plus intraitables, qui enchaîne l'indépendance et subjugue le despotisme, qui d'un mot soulève les tempêtes dans le cœur de l'homme ou qui les apaise, l'arbitre de la famille, l'ornement de la société, l'amour et les délices du monde?

La femme n'est pas une énigme sans mot, comme on l'a prétendu ; mais, pour la comprendre, il faut l'aimer.

Eussiez-vous été le bourreau d'une femme, il vous reste encore un moyen d'obtenir grâce auprès d'elle : c'est de l'aimer sincèrement.

La femme de l'esprit le moins distingué, lorsqu'elle est animée du désir de vous plaire, trouve des mots charmants, qui vous ravissent.

Aux amours de la jeune fille la plus ingénue, il ne manque souvent que le coloris du style pour en faire un roman délicieux.

La femme ne veut pas d'une obéissance passive, elle a trop de fierté pour cela; il lui faut un esclave qui lui fasse honneur.

Ce ne sont pas les hommes pervertis que les femmes préfèrent en secret, comme on ne cesse de le leur reprocher; ce sont les grâces dont la nature ne les a que trop souvent ornés : elles aiment dans Alcibiade, non ses vices, mais son naturel aimable et sa persuasive éloquence.

Quel enfer que ce monde, si les femmes pouvaient ne pas exister !

Par les sentiments qui les unissent à l'homme, soit comme amantes, soit comme épouses, les femmes tiennent à la terre; mais l'héroïsme de l'amour maternel semble les égaler aux anges.

Une mère qui tient son enfant dans ses bras est toujours belle.

Le sexe le plus aimable est en même temps le meilleur.

THÉODORE ABADIE.

LA FEMME.

A de plus hauts degrés de l'échelle de l'être,
En traits plus éclatants Jéhova va paraître ;
La nuit qui le voilait ici s'évanouit !
Voyez aux purs rayons de l'amour qui va naître
    La vierge qui s'épanouit !

    Son front léger s'élève et plane
    Sur un cou flexible, élancé,
    Comme sur le flot diaphane
    Un cygne mollement bercé ;
    Sous la voûte à peine décrite
    De ce temple où son âme habite,
    On voit le sourcil s'ébaucher,
    Arc onduleux d'or ou d'ébène
    Que craint d'effacer une haleine,
    Ou le pinceau de retoucher !

    Sur ses traits dont le doux ovale
    Borne l'ensemble gracieux,
    Les couleurs que la nue étale
    Se fondent pour charmer les yeux ;

A la pourpre qui teint sa joue,
On dirait que l'aube s'y joue,
Ou qu'elle a fixé pour toujours,
Au moment qui la voit éclore,
Un rayon glissant de l'aurore
Sur un marbre aux divins contours!

Sa chevelure qui s'épanche
Au gré du vent prend son essor,
Glisse en ondes jusqu'à sa hanche,
Et là s'effile en franges d'or;
Autour du cou blanc qu'elle embrasse,
Comme un collier elle s'enlace,
Descend, serpente et vient rouler
Sur un sein où s'enflent à peine
Deux sources d'où la vie humaine
En ruisseaux d'amour doit couler!

Elle paraît, et tout soupire,
Tout se trouble sous son regard;
Sa beauté répand un délire
Qui donne une ivresse au vieillard!
Et comme on voit l'humble poussière
Tourbillonner à la lumière
Qui la fascine à son insu,
Partout où ce beau front rayonne,
Un souffle d'amour environne
Celle par qui l'homme est conçu!

                    A. DE LAMARTINE.

LE

LIVRE DES DAMES.

LA FEMME.

A de plus hauts degrés de l'échelle de l'être,
En traits plus éclatants Jéhova va paraître ;
La nuit qui le voilait ici s'évanouit !
Voyez aux purs rayons de l'amour qui va naître
    La vierge qui s'épanouit !

    Elle n'éblouit pas encore
    L'œil fasciné qu'elle suspend,
    On voit qu'elle-même elle ignore
    La volupté qu'elle répand ;
    Pareille, en sa fleur virginale,

1

LE LIVRE

A l'heure pure et matinale
Qui suit l'ombre et que le jour suit,
Doublement belle à la paupière,
Et des splendeurs de la lumière
Et des mystères de la nuit!

Son front léger s'élève et plane
Sur un cou flexible, élancé,
Comme sur le flot diaphane
Un cygne mollement bercé;
Sous la voûte à peine décrite
De ce temple où son âme habite,
On voit le sourcil s'ébaucher,
Arc onduleux d'or ou d'ébène
Que craint d'effacer une haleine,
Ou le pinceau de retoucher!

Là jaillissent deux étincelles
Que voile et rouvre à chaque instant,
Comme un oiseau qui bat des ailes,
La paupière au cil palpitant!
Sur la narine transparente
Les veines où le sang serpente
S'entrelacent comme à dessein,
Et de sa lèvre qui respire
Se répand avec le sourire
Le souffle embaumé de son sein!

Comme un mélodieux génie
De sons épars fait des concerts,
Une sympathique harmonie
Accorde entre eux ces traits divers ;
De cet accord, charme des charmes,
Dans le sourire ou dans les larmes,
Naissent la grâce et la beauté ;
La beauté, mystère suprême
Que ne se révèle lui-même
Que par désir et volupté !

Sur ses traits dont le doux ovale
Borne l'ensemble gracieux,
Les couleurs que la nue étale
Se fondent pour charmer les yeux ;
A la pourpre qui teint sa joue,
On dirait que l'aube s'y joue,
Ou qu'elle a fixé pour toujours,
Au moment qui la voit éclore,
Un rayon glissant de l'aurore
Sur un marbre aux divins contours !

Sa chevelure qui s'épanche
Au gré du vent prend son essor,
Glisse en ondes jusqu'à sa hanche,
Et là s'effile en franges d'or ;
Autour du cou blanc qu'elle embrasse,

Comme un collier elle s'enlace,
Descend, serpente et vient rouler
Sur un sein où s'enflent à peine
Deux sources d'où la vie humaine
En ruisseaux d'amour doit couler !

Noble et légère, elle folâtre,
Et l'herbe que foulent ses pas
Sous le poids de son pied d'albâtre
Se courbe et ne se brise pas !
Sa taille en marchant se balance
Comme la nacelle, qui danse
Lorsque la voile s'arrondit
Sous son mât que berce l'aurore,
Balance son flanc vide encore
Sur la vague qui rebondit !

Son âme n'est rien que tendresse,
Son corps qu'harmonieux contour,
Tout son être que l'œil caresse
N'est qu'un pressentiment d'amour !
Elle plaint tout ce qui soupire,
Elle aime l'air qu'elle respire,
Rêve ou pleure, ou chante à l'écart,
Et, sans savoir ce qu'il implore,
D'une volupté qu'elle ignore
Elle rougit sous un regard.

Mais déjà sa beauté plus mûre
Fleurit à son quinzième été;
A ses yeux toute la nature
N'est qu'innocence et volupté!
Aux feux des étoiles brillantes
Au doux bruit des eaux ruisselantes,
Sa pensée erre avec amour;
Et toutes les fleurs des prairies
Viennent, entre ses doigts flétries,
Sur son cœur sécher tour à tour!

L'oiseau, pour tout autre sauvage,
Sous ses fenêtres vient nicher,
Ou, charmé de son esclavage,
Sur ses épaules se pencher;
Elle nourrit les tourterelles,
Sur le blanc satin de leurs ailes
Promène ses doigts caressants,
Ou, dans un amoureux caprice,
Elle aime que leur cou frémisse
Sous ses baisers retentissants!

Elle paraît, et tout soupire,
Tout se trouble sous son regard;
Sa beauté répand un délire
Qui donne une ivresse au vieillard!
Et comme on voit l'humble poussière

Tourbillonner à la lumière
Qui la fascine à son insu,
Partout où ce beau front rayonne,
Un souffle d'amour environne
Celle par qui l'homme est conçu !

A. DE LAMARTINE. *

* Cette belle et suave peinture de la femme est extraite de la pièce intitulée *l'Humanité*, faisant partie du premier volume des *Harmonies religieuses*.

L'ÉDUCATION DES FEMMES.

Des premières leçons dépend le plus souvent tout l'avenir d'une femme. Cette observation doit paraître frappante de vérité. Si oublieuse que soit la jeunesse, les premières impressions du bien ou du mal sont ineffaçables. La morale ne doit point être présentée à sa folâtre insouciance sous les traits enlaidis d'une repoussante austérité, mais enjouée, vive comme elle, sans jamais prononcer ce nom qui attriste et déplaît; il est si aisé de la faire aimer en lui donnant une gracieuse physionomie!

Toutes les actions généreuses, toutes les sensations nobles, grandes, sublimes sont dans le cœur d'une femme; il ne faut que les développer; mais le temps, la volonté ou le *savoir* manquent pour cela. Le cœur est cependant le sanc-

tuaire de toutes les vertus, ou le foyer de tous les vices. De
cette négligence qui frappe d'une mort morale toute une génération de femmes, il résulte des maux dont on connaît les
dangers, mais qu'on ne veut pas détruire. Et cependant les
graves inconvénients d'une éducation vicieuse augmentent
tous les jours!

Le préjugé, l'habitude ou la volonté jusqu'ici immuable
des hommes, veulent que les femmes n'aient que peu ou
point du tout d'instruction; et pour justifier cette exclusion
de toute étude sérieuse, ils protestent que les femmes qui
ont quelques connaissances ont des prétentions à l'esprit,
qui les rendent ennuyeuses ou ridicules; que rien ne les dé-
pare comme un cortége scientifique; qu'on ne peut entendre
une jolie bouche de femme se livrer à des dissertations phi-
losophiques, et soutenir des questions abstraites. A peine
leur pardonne-t-on une faible connaissance de l'histoire.
« En outre, disent ces hommes exclusifs, si les femmes
étudiaient les sciences, elles abandonneraient leur famille
pour venir briller dans nos académies. Mais, au reste, quand
elles s'élèveraient jusqu'à nous, si cela était possible, li-
vrées comme nous à l'étude des langues classiques et des
hautes sciences, leur légèreté, leur inconstance, le désir
insatiable de plaire qui les domine toujours, ce besoin d'ê-
tre flattées, admirées pour de jolis riens, seraient de puis-
sants obstacles à toute occupation sérieuse. Le rôle des femmes est d'ailleurs assez brillant; leur part est belle; elles
doivent être heureuses et fières de leur position; elles rè-

gnent sur nous par la beauté, la puissance de leurs charmes, cette séduisante amabilité qui nous enivre, nous subjugue et nous fait leur esclave. Nous avons la force à oppo-
ser à leur délicatesse, à l'extrême sensibilité de leurs nerfs;
nous ne l'employons qu'à protéger leur faiblesse. Elles ont
sur nous un pouvoir plus étendu, plus certain : les cares-
ses, la ruse, la finesse, et cet ascendant auquel nous ne
pouvons nous soustraire, qui nous plaît, dont même nous
sommes idolâtres. Nous aimons à les voir s'occuper, avec
un sérieux diplomatique, de modes ou de chiffons, ou, mè-
res de famille, entourer de leurs soins, de leur amour les objets de leur tendresse. C'est là leur destination, la place que
leur a marquée la nature; elles n'ont rien à nous envier. »

Tout ce qui précède était bon, était vrai il y a plusieurs
siècles, où les deux sexes étaient en rapport d'idées et de
moyens acquis. Les hommes, généralement sans instruction,
aimaient la même ignorance dans leurs femmes; ils ne pouvaient désirer pour elles ce qu'eux-mêmes ne possédaient
pas. Il y avait donc égalité de savoir. Mais la prévention cependant accordait toujours plus à celui qui était le chef. La
femme, esclave de son seigneur et maître, ignorante par destination, lui reconnaissait la supériorité du savoir; elle s'in-
clinait devant lui avec toute l'humilité servile qu'il exigeait
impérieusement. Ce droit du plus fort, qu'il savait rendre
redoutable à tous ceux qui l'entouraient, il l'exerçait sur elle
avec toute la tyrannie d'un despote qui veut être obéi. Tout
cela, dis-je, était bon dans ces siècles de barbarie et d'igno-

rance. Les femmes ne veulent plus de cette obscurité. Une
puissance plus forte encore que leur volonté les attire plus
haut. Cette puissance attractive les porte, presque malgré
elles, vers une émancipation morale, intellectuelle. Il est
presque avilissant pour elles d'être traitées comme de grands
enfants, assujetties aux caprices de ceux qu'elles amusent.
Il faut que leur éducation soit en rapport avec celle que re-
çoivent les hommes, puisque, malgré leur dédain pour celles
qui ont de l'instruction, ils se plaisent avec les femmes qui
n'en abusent pas.

Consentez que vos femmes soient instruites, et elles
n'auront plus les défauts que vous leur reprochez; qu'avec
elles vous puissiez soutenir des entretiens sérieux, légers,
dans tous les genres; elles seront capables d'élever leurs enfants, et vous trouverez en elles toute une société. Tout en
s'occupant de leurs petits travaux de femme, leur causerie
gracieuse, spirituelle, aimable doublera votre bonheur domestique, et enfin vous fera chérir ce *chez vous*, que vous
fuyez parce que vous n'y trouvez que l'insipidité d'une au-
tomate. La part des femmes est belle, sans doute, à vos
yeux, parce que leur cœur, source inépuisable d'amour et
de toutes les tendres et douces affections, sait souffrir et
toujours aimer. Pourquoi fêter toujours leur habileté, leur
ruse, leur finesse? C'est faire un humiliant trophée de votre
honte. La ruse et la finesse sont des mots gracieux sous lesquels se cachent la fausseté et d'autres vices. Malheur à
l'homme dont la femme ne possède que le talent de trom-

per! celui-là c'est l'injustice qui le lui donne, et plus encore l'abandon. Lorsque les deux sexes traiteront d'égal à égal, alors cesseront les désordres qui troublent la société. La femme ne sera plus forcée de rougir d'elle-même, entachée de la flétrissure de la séduction ou de la souillure de l'infidélité. Fière de sa vertu, comme l'homme croit pouvoir l'être de sa force, de sa bravoure, elle pourra encore lui disputer une sorte de supériorité prise dans cette force morale qui l'aide à supporter tant de douleurs, tant de maux qu'il ne sait pas apprécier et qu'il ne comprendra jamais.

Il n'est plus possible de dire que la légèreté des femmes sera toujours un obstacle à toute application sérieuse. Que de faits se groupent dans l'histoire contre cette supposition usée! Plusieurs auteurs, recommandables par leur discernement, ont vengé les femmes de cette calomnieuse accusation. Il serait trop long de nommer seulement les plus célèbres. La belle Hypatie, dans le 15e siècle, enseignait publiquement la philosophie, la physique et l'histoire; elle mourut victime de la haine jalouse de saint Cyrile, qui la fit déchirer avec des coquilles par ses disciples. Agnodice étudia la médecine à Athènes, et, après avoir subi plusieurs épreuves, elle fut autorisée à exercer publiquement la profession de médecin. Dans le 13e siècle, à Bologne, plusieurs femmes ont étudié les lois, ont pris les grades de docteur et enseigné publiquement le droit romain. Vers la fin du 18e siècle, la chaire de physique, dans cette même ville, était occupée par une femme. J'ai lu, dans quelques essais

sur l'Espagne, que plusieurs femmes de différentes classes
avaient illustré leur sexe, dans ce pays, par leur savoir ;
que plusieurs, dans le 15ᵉ siècle, parlait très bien le latin,
le grec et même l'hébreu. On cite particulièrement l'une
d'elles qui prit ses degrés de théologie et passa docteur.
Plusieurs suivirent ces exemples. On en remarque beaucoup qui se sont distinguées dans l'étude des sciences exac-
tes, de la physique, de la théologie, etc. Les langues d'Ho-
mère, de Cicéron, du Tasse, du Camoëns, ont été parlées
et traduites par des femmes ; elles ne perdaient aucun de
leurs agréments en étudiant ces divers auteurs dans leur
langue primitive, ou bien elles savaient faire oublier leur
laideur par le charme de leur esprit, leur modestie et la so-
lidité de leur instruction. — L'étude de la nature semble être
spécialement destinée aux femmes. Ce livre, ouvert à tous
les êtres, semble plus intelligible pour elles. La femme sen-
sible, douce, expansive, trouve là son cœur tout entier,
avec son amour, ses émotions tendres, ses goûts suaves,
ses religieuses méditations. Passionnée pour le merveilleux,
chacune des opérations de la nature est réellement un pro-
dige pour elle. Elle aime à adorer l'auteur mystérieux de
tous ces phénomènes. Mais il faut que l'instruction et un
bon guide aident et dirigent cette sensibilité. Tout devient
alors pour elle un objet de culte ; elle n'est plus fanatique,
elle est pieuse ; elle adore celui qui a créé, arrangé l'univers,
elle l'adore avec une sainte et muette exaltation de l'âme,
avec candeur et bonne foi.

L'instruction pour les femmes est une question morale du plus haut intérêt; elles seules peuvent épurer les mœurs, ennoblir les passions qu'elles font naître. C'est dans l'occupation de l'esprit que les femmes trouveront des ressources contre l'ennui, et pour ainsi dire l'antidote de tous les vices, le correctif de toutes les mauvaises inclinations. Cette nécessité d'instruction est un besoin moral qui travaille la société. Cet état de défiance qui la trouble doit enfin cesser. Il est temps que les deux sexes, qui ont été créés pour accomplir l'œuvre providentielle, ne se trompent plus mutuellement; qu'ils ne soient plus en présence comme deux ennemis qui s'observent pour se frapper; qu'il y ait entre eux harmonie et confiance; que la femme ne craigne plus l'homme comme son séducteur ou son maître, et que celui-ci, fier de sa supériorité, ne regarde plus la femme comme l'instrument passif de ses plaisirs, ou comme son esclave, et qu'enfin ils trouvent toujours douce et légère la chaîne qui les unit.

L'état de subalternité de la femme est une conséquence de la médiocrité de ses connaissances, de la nullité de ses moyens; elle se croira toujours inférieure à l'homme, tant qu'elle maintiendra la supériorité de celui-ci par son ignorance. Mais lorsqu'une instruction bien entendue, bien dirigée, aura établi entre les deux sexes un juste équilibre de savoir, suivant la portée d'esprit de chacun d'eux, alors la femme comprendra la dignité de son titre. Compagne de l'homme, son égale, elle n'aura qu'une seule pensée avec

lui. L'amour fondé sur l'estime ne s'éteindra plus au moment
de l'union de deux êtres que Dieu a formés l'un pour l'autre. L'amour sanctifié, et réhabilité avec la femme et par
elle, n'aura plus d'âge. Les affections, dans les individus
bien harmonisés, ne vieillissent jamais. Le calme des passions conserve les facultés de l'âme et la jeunesse du cœur,
qui, dans une femme, veut toujours aimer. Pour elle c'est
un besoin qui dure autant que son existence, et que l'é-
ducation doit épurer. L'amitié, ce sentiment divin que le
Créateur a placé dans un cœur de femme, ne s'éteint qu'avec
sa vie; il faut qu'elle aime toujours, et, s'il en est autre-
ment, c'est une erreur de la nature.

La génération qui commence verra se réaliser cette harmonie entre les deux sexes, qui doit résulter de l'instruction réciproque, que l'un n'enviera plus ou ne refusera plus
à l'autre. Cette nouvelle génération, toute palpitante d'émotions neuves, ne croira pas que ces lignes, tracées ici rapi-
dement de bonne foi par une main de femme, forte de ses
convictions, soit un rêve, une belle illusion; elle est posée
en face de cet avenir de bonheur positif auquel tendent les
populations en masse. Les hommes d'aujourd'hui se hâtent
de vivre, et ne vivent encore que d'espérance. Pressés d'ar-
river au lendemain, ils ne peuvent l'atteindre, parce qu'ils
ne sont pas, eux, les hommes de l'avenir; ils veulent, dési-
rent ce qu'ils ne comprennent pas bien encore. Ce qu'ils
cherchent est aussi pour eux un mystère. Peuvent-ils dire
ce qu'ils demandent? Non, ils ne sauraient se l'expliquer.

Ils savent très bien ce qu'ils ne veulent pas. Demandez-leur ce qu'ils mettront à la place de ce qu'ils détruisent ? Ils n'en savent rien. C'est des femmes que viendra cette régénération morale qui est le besoin des peuples ; ce sont elles qui donneront à l'homme cette vie nouvelle, aussitôt qu'elles auront reçu la vie intellectuelle, qui effacera les erreurs du passé ; elles ont reçu mission de Dieu pour cela.

Mlle B. TIROSKI.

———

DE

LA CHEVALERIE.

⁘

L'Empire romain, parvenu au dernier degré de corruption, ne ressemblait plus qu'à ces vieux monuments qui
rappellent encore d'antiques et belles formes, et qui, fon-
dés sur une base secrètement minée, se soutiennent par le
poids seul de leur masse, mais sont prêts à s'écrouler au
premier choc. — Tout-à-coup des Barbares s'élancent des
bords de la Baltique et des forêts du Nord. Les Scandinaves,
les Anglo-Saxons, les Bretons, les Germains descendent
comme un torrent, viennent porter partout la terreur, le
pillage et la désolation. Ils détruisent l'Empire romain, et,
pendant près de quatre cents ans, renouvellent leurs terri-
bles invasions, auxquelles une nouvelle civilisation ne peut
mettre fin qu'après cinq siècles de crimes et d'atrocités.

Qui pourrait croire que des hommes farouches, ivres de sang et de carnage, apporteraient les premiers germes de la galanterie qui a régné si long-temps en Europe, et dont il ne nous reste que des souvenirs?

Si, dans le Midi, les mœurs asiatiques rendaient les femmes malheureuses; si ces peuples, tour-à-tour esclaves et tyrans, avaient pour elles de la passion et peu d'estime; s'ils passaient tout-à-coup de l'adoration au mépris, et d'un amour idolâtre aux accès d'une jalousie inhumaine; les peuples du Nord, au contraire, les Scandinaves et les Celtes surtout, regardaient les femmes comme leurs égales, leurs compagnes, et cherchaient à mériter leurs suffrages par des efforts de courage et des procédés généreux. Ils les croyaient même d'une nature plus rapprochée de la divinité : aussi les soins religieux leur étaient-ils confiés; les guerriers les menaient dans leurs expéditions, suivaient leurs avis, cherchaient dans leurs regards des motifs d'affronter tous les périls, et, dans le mauvais succès, craignaient plus leurs reproches que le fer ennemi.

L'œil le moins pénétrant peut apercevoir, dans ce détail simple et rapide du rapport des femmes avec les hommes de ces contrées barbares, toutes les premières idées de chevalerie que le Nord répandit en inondant l'Europe. Le goût des aventures héroïques, un désir de gloire, avaient dès long-temps porté plusieurs guerriers scandinaves à parcourir les contrées les plus éloignées, pour rendre leur nom fameux. Une habitude constante de rapines exposait sans cesse

I.   2

la faiblesse à des attaques imprévues, et nécessitait des dé-
fenseurs. Tout jeune guerrier, avide de renommée, se char-
geait du noble soin de défendre le beau sexe, et suivait son
goût en embrassant une carrière aventureuse. On redouble
d'estime et d'admiration pour les choses, en proportion de
ce qu'elles ont coûté.

Mais cette première impulsion de galanterie chevaleresque, chez les peuples du Nord, était loin d'avoir cette délicatesse, tout ce charme qu'elle acquit depuis en Europe,
par le mélange de la tendresse espagnole, de l'élégance
française, et du brillant romanesque des Maures. Toutes
les premières pensées étaient conçues sans être dévelop-
pées : respect pour le sexe, amour, dévouement, enthou-
siasme de gloire, constance qui rapportait tout à un seul
objet. Ces bases étaient posées, mais elles étaient encore
couvertes d'une teinte de rudesse et de simplicité qui, jusque dans les moyens de plaire, annonçait une tendresse
sauvage, et laissait plus voir le guerrier que l'amant.

Ecoutons les plaintes d'Harold, jeune Danois, pour nous
faire une idée des moyens que ces héros du Nord em-
ployaient pour séduire. « Ah! disait-il, je sais faire huit
» exercices différents : je combats vaillamment, je me tiens
» ferme à cheval, je suis accoutumé à nager, je sais courir
» sur des patins, je sais manier une lance, je suis habile
» dans l'art de ramer, et cependant une fille russe peut en-
» core me mépriser. »

Certes, Harold le vaillant avait bien des qualités estimables; mais je doute qu'elles parussent séduisantes à nos aimables Françaises.

Tels étaient les mœurs, l'esprit et le caractère de ces nations, qui toutes avaient, à peu de choses près, les mêmes idées et les mêmes usages.

On peut juger de l'effet que dut produire le mélange de ces conquérants, encore barbares, avec les peuples qu'ils asservirent : d'un côté, force, courage, aspérité, mollesse, dépravation, faiblesse, mœurs policées, mais abâtardies ; de l'autre, assemblage monstrueux dont le désordre seul naquit et devait naître.

Mais le christianisme passa des vaincus aux vainqueurs : faisant couler d'un côté des flots de sang, de l'autre apaisant les haines, il fut la première base du rapprochement. On vit s'unir les vices des Romains à la fierté des Barbares : de la corruption des uns, de la férocité des autres, se formèrent insensiblement les mœurs nouvelles.

Pendant longtemps ils exista dans les esprits un mélange d'idées amoureuses, religieuses et guerrières, qui portait à la fois aux choses les plus opposées. Un amant, par le même sentiment qui l'attachait à sa maîtresse, se croyait obligé d'égorger celui qui s'avisait de jeter sur elle un seul regard. Les pèlerins même, dans leurs voyages, pillaient, massacraient, et arrivaient à Jérusalem chargés de crimes d'autant plus multipliés, qu'ils avaient la certitude du pardon. Aucun asile n'était sacré, aucune propriété assurée. Le droit du plus fort s'exerçait partout ; les femmes étaient plus pour-

suivies que recherchées. Cependant quelques idées de rai-
son et de justice se laissent remarquer au milieu de ces désordres.

On était las d'une anarchie cruelle où chacun saisissait
tout, sans que personne eût rien. Cette lutte intérieure du
désir de la paix et de l'ordre, avec la licence et l'état de
guerre habituel, ressemblait à la tourmente affreuse de la
nature qui, lasse du chaos et de la discorde des éléments,
voulait les séparer et mettre chaque chose à sa place.

C'est dans ces temps que des nobles oisifs et guerriers,
ayant un sentiment d'équité naturelle et d'inquiétude, de
religion et d'héroïsme, s'associèrent pour faire ensemble ce
que la force publique ne faisait pas, ou faisait mal. Leur
objet fut de combattre les Maures en Espagne, les Sarra-
sins en Orient, les tyrans des donjons et des châteaux en
Allemagne, et, en France, d'assurer le repos des voyageurs,
comme faisaient autrefois les Hercule et les Thésée, et surtout de défendre l'honneur et les droits du sexe le plus faible, contre le sexe impérieux qui souvent opprime et ou-
trage l'autre.

Bientôt l'esprit d'une galanterie noble se mêla à cette institution. Chaque chevalier, en se vouant aux périls, se sou-
mit aux lois d'une souveraine. C'était pour elle qu'il atta-
quait, qu'il défendait, qu'il forçait des châteaux ou des vil-
les; c'était pour l'honorer qu'il versait son sang. L'Europe
entière devint une lice immense, où des guerriers ornés des
rubans et des chiffres de leurs maîtresses, combattaient en

champ-clos pour mériter de plaire à la beauté. Alors la fi-
délité se mêlait au courage, l'amour était inséparable de
l'honneur. Les femmes, fières de leur empire, et le tenant
des mains de la vertu, s'honoraient des grandes actions de
leurs amants, et partageaient les passions nobles qu'elles inspiraient. Un choix honteux les eût flétries. Le sentiment ne
se présentait qu'avec la gloire, et partout les mœurs respi-
raient je ne sais quoi de fier, d'héroïque et de tendre. Jamais peut-être la beauté n'exerça un empire si puissant et
si doux. De là ces passions si longues que notre légèreté, nos
mœurs, nos petites faiblesses, notre fureur de courir sans
cesse après des espérances et des désirs, notre ennui qui
nous tourmente et qui se fatigue à chercher de l'agitation
sans plaisir, et du mouvement sans but, ont peine à conce-
voir, et tournent tous les jours en ridicule sur nos théâtres,
dans nos conversations et dans nos livres : mais il n'en est
pas moins vrai que ces passions nourries par les années, et
irritées par les obstacles, où le respect éloignait l'espérance,
où l'amour vivant de sacrifices s'immolait sans cesse à l'honneur, renforçaient dans les deux sexes les caractères et les
âmes, donnaient plus d'énergie à l'un, plus d'élévation à
l'autre, changeaient les hommes en héros, et inspiraient
aux femmes une fierté qui ne nuit point à la vertu.

Tel fut l'esprit de chevalerie. On sait qu'il donna nais-
sance à une multitude innombrable d'ouvrages en l'honneur
et à l'éloge des femmes. Les vers des troubadours, le sonnet
italien, la romance plaintive, les poëmes de chevalerie, les

romans espagnols et français furent autant de monuments
de ce genre, élevés dans des temps d'une barbarie noble,
et d'un héroïsme mêlé de bizarrerie et de grandeur. Dans
les cours, dans les lices, au combat, aux tournois, tout se
rapportait aux femmes; et il en était de même dans les écrits.
On n'écrivait, on ne pensait que pour elles. Souvent le même
homme était poète et guerrier; tour-à-tour il chantait sur sa
lyre, et combattait avec sa lance pour la beauté qu'il ado-
rait. Les Germains, en conquérant l'Europe, avaient bien
amené leurs bardes; mais ces premiers chantres étaient aux
troubadours, qui les remplacèrent, ce que ces premières
idées chevaleresques du Nord furent à la véritable chevalerie.

S'enivrant, en quelque sorte, elles-mêmes, de l'enthou-
siasme qu'elles avaient répandu dans tous les esprits, les
femmes finirent par s'associer aux travaux, aux périls
qu'elles faisaient braver pour elles à tant de chevaliers.
Pendant quatre cents ans l'Europe retentit tour-à-tour des
faits d'armes des héros, et de ceux des femmes illustrées
par leur bravoure et l'éclat de leurs actions militaires. Ce
fut surtout aux quinzième et seizième siècles, époque de
l'invasion des Turcs dans la Hongrie, les îles de l'Archipel
et de la Méditerranée, qu'elles se distinguèrent le plus.

Cette horreur pour les Mahométans, pour l'esclavage auquel ils soumettaient les femmes, contribua surtout à échauf-
fer leurs âmes, susceptibles de tous les genres d'élévation
et de grandeur. Les idées de religion vinrent encore aug-

menter le zèle héroïque qui les enflammait. On les vit alors quitter leurs paisibles asiles pour le tumulte des camps , supporter sous les tentes toutes les fatigues des armes , oublier leur faiblesse et leur timidité naturelle , sans s'écarter jamais de cette pudeur, de cette décence si convenable à leur sexe. Bientôt la beauté vint briller au milieu du carnage. Les places, les châteaux furent attaqués et défendus par des femmes.

Ouvrons l'histoire. Nous verrons la célèbre Marguerite d'Anjou, reine d'Angleterre, femme de Henri VI, plus courageuse que son époux, réparer la faiblesse de celui-ci, ramener la victoire sous ses drapeaux, le remettre deux fois en liberté, ne céder aux rebelles, ainsi qu'au malheur, qu'après avoir livré douze batailles, où son génie, sa bravoure et ses talents jetèrent un éclat dont on se souvient encore. Jeanne Montfort dispute elle-même, les armes à la main, son duché de Bretagne. Les femmes de l'île de Chypre s'arrachent aux fers des musulmans, en enflammant les poudres amoncelées en magasin, et, profitant de la terreur produite par l'explosion, échappent à leur tyran. Combien d'autres exemples pourraient être rapportés !

Qui pouvait donc inspirer à ce sexe cette ardeur guerrière, ce besoin de vaincre et de résister à l'oppression, cette résolution qui lui faisait affronter les périls et la mort? Faiblesse naturelle, éducation, tout servait d'excuse et de prétexte à sa timidité; tout devait l'éloigner de cette témérité noble sans laquelle un homme est méprisable, et qui, chez une

femme, cause toujours tant de surprise et d'admiration ;
mais, avec cet instinct merveilleux dont elles sont douées ,
les femmes sentirent promptement qu'en s'offrant pour partager les dangers des hommes qui leur étaient chers, elles
trouveraient à la fois un titre à l'estime, une jouissance
pour leur cœur, et un gage de plus pour leurs sentiments.
Voilà ce qui les détermina sans doute à joindre l'éclat des
armes à tout l'attrait de la grâce et de la beauté. Nées pour
les hommages, et s'en faisant un premier besoin, elles pren-
nent tous les moyens de les obtenir, et marchant toujours
avec leur siècle, ne voyant rien d'impossible pour en saisir
l'esprit, se parent à nos yeux des palmes les plus inatten-
dues. Quatre siècles s'écoulèrent donc, pendant lesquels
l'Europe retentit des succès d'un sexe qui tour-à-tour savait acquérir de la gloire et inspirer le courage et l'amour.
Quel moment pour les femmes que celui où la seule volonté
d'une d'elles, le seul espoir d'en être regardé, rendait un
homme presque invincible, lui faisait hasarder les entrepri-
ses les plus téméraires, où l'amour plaçait dans ses mains
la lyre ou la lance, exerçait à la fois ses talens et son courage, étendait son génie, et le rendait digne enfin de lau-
riers d'autant plus flatteurs, que la propre main de sa maîtresse venait elle-même de les mériter et de les cueillir !

Mais la chevalerie, dont la venue avait été un si grand
bienfait pour les temps barbares, devait s'altérer à mesure
que les lumières pénétraient dans les esprits, et disparaître
entièrement, sa mission achevée, pour faire place à d'au-

tres institutions. Déjà l'heure de sa décadence avait sonné :
les chevaliers errants sortaient moins de chez eux et réflé-
chissaient plus ; la paresse avait pris la place de l'activité ,
l'indifférence celle du zèle et du désir de se distinguer. Ce
fut en Italie que la mollesse et cette première insouciance ,
si fatales à la gloire , commencèrent à se manifester. On pré-
féra des plaisirs faciles à des travaux illustres ; on s'éloigna
des principes austères de ces guerriers qui se préparaient à
la chevalerie par des exercices longs et pénibles , et qui n'y
étaient admis qu'avec des solennités où il entrait autant de
pompe que de dévotion.... Combien déjà ces premières institutions étaient altérées! Les raffinements de la galanterie ,
les délicatesses du point d'honneur existaient encore ; mais
l'amour était moins fidèle , la loyauté moins pure , la bravoure moins dévouée. Les femmes prévoyaient la fin d'une
institution par laquelle elles avaient une existence trop bril-
lante, pour ne pas la regretter. Longtemps elle se soutint ,
en s'affaiblissant cependant. Les sentiments de chevalerie
avaient jeté des racines si profondes, qu'on en sentit encore
les effets lorsque la cause n'existait plus. Dès qu'un grand
mouvement est donné, il survit, un certain temps, à son
principe , et s'anéantit insensiblement. L'histoire de cette
époque en offre des preuves. On y trouve des faits qui res-
semblent plus aux valeureuses tentatives de la chevalerie
qu'à des expéditions bien concertées, fruits heureux d'une
saine politique ; et plusieurs princes, tels que François Ier,
ont été fortement atteints de cet esprit romanesque. Quel-

ques âmes vertueuses parmi les hommes, quelques femmes adroites, sévères ou exaltées, prolongèrent, surtout en France, pendant quelques moments, la durée de ce code chevaleresque, qui portait sur des bases si fragiles, que la candeur et l'ignorance en étaient les seuls soutiens. Les troubles civils le soutinrent encore. Enfin l'anarchie cessant, les rois, jaloux de leur pouvoir, aidés des parlements et des communes, parvinrent à réprimer les brigandages particuliers, à défendre la guerre de châteaux à châteaux. Ils soumirent les seigneurs aux tribunaux d'appel, c'est-à-dire aux parlements. Avec une politique adroite, ils les attirèrent dans leurs armées et dans leurs cours. Le luxe s'établit, détruisit les fortunes; il rendit les grâces de la cour nécessaires. Les guerriers, faisant des dettes et recevant des bienfaits, se changèrent en courtisans, et ne gardèrent de leurs anciens principes que la bravoure et le point d'honneur; l'institution de la chevalerie perdit tout son empire; enfin, le roman de Don Quichotte, par son succès et sa philosophie cachée sous de piquantes fictions, finit par jeter du ridicule jusque sur ses souvenirs.

J.-A. DE SÉGUR.

FOI ET DÉVOUEMENT.

ᦂ

La jeune Appia vivait dans Rome à l'époque où le christianisme était le plus cruellement poursuivi. Issue d'une famille illustre, veuve, depuis deux ans, d'un époux qu'elle avait estimé sans l'aimer, la seule différence de religion l'avait empêchée de s'unir au jeune Léon, digne d'elle par sa fortune et son rang. Livrée aux plaisirs de son âge, au luxe, à toutes les distractions qui devaient l'éloigner d'un sentiment vrai, elle n'en était pas moins tendre. Plus faite pour aimer que pour se plaire au tumulte du monde, l'image de son amant la suivait au milieu des hommages qui l'entouraient sans cesse, et qu'elle rejetait, lorsque Léon, par sa présence, ne leur prêtait pas un charme nouveau. Tous deux s'aimaient dans le silence, ne voyaient qu'eux seuls au

milieu de la foule, ne retrouvaient qu'eux dans leurs souvenirs, lorsque, rendus à la solitude, leur pensée se portait,
le lendemain, sur la fête de la veille. Touchant spectacle !
ces deux amants, au milieu de la corruption générale, avaient
conservé toute leur candeur, toute la pureté des premiers
âges, comme deux beaux lys qui, s'élevant d'un terrain
fangeux, conservent une blancheur sans tache au milieu
d'un nuage impur. Léon, adorant Appia, brûlait de posséder sa main, mais ne pouvait se décider à quitter sa religion
pour le christianisme, qu'elle avait embrassé. Elle lui faisait
de tendres reproches : il se défendait mal et ne résistait qu'à
peine, lorsque, appelé par son devoir, il fut obligé de voler
dans les camps et de se séparer de tout ce qu'il aimait.....
Qu'ils furent touchants leurs adieux ! Combien leur douleur
était vraie, profondément sentie ! Enfin, il fallut s'arracher
l'un à l'autre ; leurs larmes redoublèrent, leurs bras s'ou-
vrirent une seconde fois, et Léon s'éloigna.

Appia, isolée, ne cherchait point de distraction dans les
plaisirs d'un monde importun ; elle vivait retirée dans le sein
de sa famille : le saint exercice d'un culte proscrit occupait
en secret tous ses moments. Après plusieurs mois de souf-
france, de quel étonnement elle fut frappée, lorsqu'elle
sentit que ce n'était qu'au pied des autels que sa douleur
s'apaisait, que ses larmes semblaient s'arrêter ! On cherche
ce qui soulage. Elle y retourna plus souvent, malgré les périls qu'elle y courait. Bientôt elle y passa le jour entier. Un
ministre du ciel, aussi vertueux qu'instruit, et qui, chaque

jour, bravait pour la foi la défense des tyrans, s'empara de sa confiance; ses peines furent déposées dans le sein de ce confident sacré. Pouvait-elle lui dire autre chose ? elle n'avait pas de fautes à avouer. Appia écrivait toujours à Léon : ses idées étaient aussi tendres, mais ses expressions avaient moins de chaleur. On voyait plus d'amitié sentie que de passion. Léon ne s'en alarmait pas, il était si sûr d'elle ! Certain d'ailleurs que des soins pieux l'occupaient en son absence, il en éprouvait une satisfaction secrète. L'amant le moins jaloux l'est toujours : il aime mieux savoir sa maîtresse au pied des autels qu'au milieu d'un monde séducteur. Hélas ! Léon ignorait que ce même autel qu'il bénissait secrètement devait lui ravir sa maîtresse. Le calcul secret d'Appia était trop délicat pour ne pas la porter à suivre le parti que sa tendresse même lui inspira.

Elle connaissait assez son pouvoir sur Léon pour être convaincue qu'à son retour il adopterait la religion de son amante. Mais cet espoir ne lui était déjà plus permis. Le culte du Christ était alors plus persécuté que jamais; on ne pouvait le suivre sans se dévouer à la mort..... Renoncer à la main de Léon était sa seule ressource. Elle s'y résolut. Mais, pour y parvenir, il fallait encore le tromper, il fallait lui faire croire qu'elle avait cessé de l'aimer, et calomnier son cœur pour sauver son amant.

La dernière lettre que Léon reçut d'elle, avant le moment qui devait les réunir, fut un coup de foudre. Elle voulut le pressentir sur le changement de son cœur.... Que devint-il

en voyant que sa maîtresse voulait s'arracher à lui ? Il ar-
rive éperdu, tombe à ses pieds, emploie les prières, les
larmes et tout ce que la tendresse peut trouver de plus touchant : plaintes, reproches, fureurs, excuses, rien ne réussit.
Appia, soutenue par un motif trop puissant, est inébran-
lable. Elle ôte tout espoir à Léon en lui déclarant avec fer-
meté qu'il ne la verra plus.... Furieux, il s'écrie qu'il ne
peut vivre sans elle, et que, pour posséder sa main, il ab-
jure dès moment le culte qui les séparait.... Appia refuse
encore ce dernier sacrifice. « Non, mon cher Léon, lui dit-
» elle, je ne vous conduirai point à la mort en acceptant
» votre dévouement : les malheureux chrétiens sont tous des
» victimes condamnées ; laissez-moi périr seule. Plus con-
» vaincue que vous des dogmes que je professe, j'ai seule
» le droit de les sceller de mon sang ; fuyez-moi, fuyez,
» évitez le spectacle cruel de mon supplice, dont vous pour-
» riez être témoin.... Adieu pour jamais !.... » Elle veut s'é-
chapper de ses bras ; Léon se précipite au-devant de ses pas.
Il déteste la vie ; mais il veut en passer le reste près d'Appia : sans partager encore les opinions de celle qu'il aime,
il se voue aux mêmes devoirs, aux mêmes dangers, et ne
quitte plus les autels, au pied desquels il se prosterne avec
rage. Appia n'ose plus essayer de l'éloigner, mais refuse
constamment de s'unir à lui, dans l'espoir de vaincre un
jour sa résistance. Elle plaint Léon d'avoir quitté le monde
et toutes ses espérances, lorsqu'elle ne peut plus rien pour
son bonheur. Enfin, le danger qui les menaçait se déclare ;

ils sont dénoncés l'un et l'autre aux persécuteurs de la foi ,
traînés dans un cachot et destinés au supplice.

Cependant le sort de cette jeune victime intéresse même
ses tyrans. On lui propose de renoncer à la religion ; un mot
la sauverait ; la rendrait à la vie , au bonheur, à Léon ; mais
elle ne voit que Dieu , et demande la mort... En vain, pour
arracher Léon au supplice, atteste-t-elle qu'il ne professe
pas une religion proscrite ; qu'elle seule en reconnaît les
dogmes , en observe les préceptes , en adore l'auteur. Léon
veut finir des jours odieux, il ose mentir à sa pensée ; il jure
que les opinions d'Appia sont les siennes. — L'arrêt est pro-
noncé, le bûcher s'allume , la flamme l'embrasse , et dévore,
avec le saint ministre qui guidait Appia , Léon et sa maîtresse : l'un expire victime de l'amour , et l'autre de sa foi.

S...R.

SAPHO.

✤

Sapho naquit à Mitylène, capitale de l'île de Lesbos, vers l'an 600 avant J.-C., c'est-à-dire vers l'époque où Solon donnait des lois à Athènes. Son père s'appelait Scamandro-nyme, et sa mère. Cléis, Mariée fort jeune à l'un des plus riches citoyens de l'île d'Andros, Sapho en eut, selon les uns, un fils; d'après les autres, une fille, qui porta le nom de Cléis comme son aïeule. Restée veuve bientôt après, et désormais maîtresse d'elle-même, la jeune Lesbienne re-tourna dans sa patrie.

Située au nord de l'Ionie, en face des côtes de l'Eolide, Mitylène avait participé à cette ascension rapide de prospé-rité et de civilisation qui s'était si merveilleusement opérée chez ces nombreuses colonies grecques, échelonnées le long